KB102437

앉은 자리가 예쁜

나이테

앉은 자리가 예쁜
나이테

─ 민은숙 시집 ─

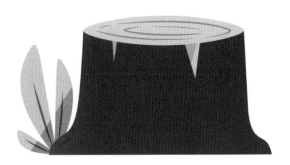

좋은땅

🍃 시인의 말

밑동에 꼭꼭 숨겨놓은 밀알이

어둠을 뚫어 책을 마주하고

낮에는 현장에서

캄캄한 터널에서 울지 않고

돌고 돌아서 이제야

앉을 자리에 활착했다.

앞이 깜깜할 때마다 토닥여준 글,

멀리했던 날

참 오래 기다려주었다.

2023년 초여름, 민은숙

돌아본다는 것과 앞을 보는 것의
간극을 안다

1부

.

에그몬트 서곡

자목련이 피었다

분명 재작년에도 작년에도
망부석은 대지에 파고들어 뿌리내렸다

오가며 햇살 기부하는 주인이
몇 번 바뀌어도 그냥 지나쳤다

봄 안에 들어와 像 그린 얼굴

내려보고, 올려보고, 똑바로 봐도
그저 곱기만 한 연민은 성이 곽을 쌓는다

일한다, 공부한다, 새끼 키운다
나자빠진 아우성이
이제야 찾은 하얀 젖무덤

고동이 잡아당겨 소나티네 부른 천진해진 심장

지하에 핏기 빠트린 모세혈관에

펌프질한 피가 뻗어나고 있다

욕심은 어디 즈음에 있을까

단 하나만 응시하고 초점 태우면
꾹 눌러 감춘 속내
알 수 있을까

그 하나만 내려다보고 올려다보기엔
완벽한 신뢰 못 해
어설피 흔들리는 마음

이미 낙점한 제 것 제친 채
한눈팔면 제 것 될 줄
갈대는 배회한다

진득한 반죽 밀봉하면
빨간 폭죽 터뜨릴 걸

그새 하나둘 늘린 종목들이
서슬 퍼렇게 동반 추락하는
쓰라린 마음은 알까

주체 못 한 섣부른 풍선에

잔뜩 졸아 버린 잔고만

떨군 갈대밭에 고랑을 낸다

카메라가 찌를 던진다

이전에는 몰랐다
세상이 점점 멀리하는 이유를

이제는 알겠다
세상 이전 윗단추까지 잠그고 나서야

어릴 땐 막 들이대도 모두 거두는
이제는 신중하게 맞추어도
신통한 조과 없는 낚시꾼

보이는 곳에 지난 인화들이 착각보다 빼곡
여백 채운 적나라한 시간

차마 보정 없인 민망한 손사래가 숨으면
같이 찍자 애원하는 햇살
보정된 란제리 걸친 사과 들고서
능금보다 오래된 간청 빼닮은 말

"지금도 이쁘니까 같이 찍어요"

오늘 찌를 문 능금은 눈이 부시다

설렘에 대한 화소

설렌다는 건 아직 살아 있다는 증거

설렌다는 건 아직 젊음이 남아 있다는 표식

설렌다는 건 용암이 들끓고 있다는 걸 알리는 내장 온도계

설렌다는 건 방전된 배터리 용량 채울 충전기 있다는 것

설렌다는 건 미약하나마 꿈틀대는 기포

설렌다는 건 마음과 몸 경량으로 만드는 노련한 기술자

설렌다는 건 기분 좋은 긴장 주는 활력소

설렌다는 건 먼바다에서 밀려오는 파도

설렌다는 건 고사에 이는 한 자락 미풍

설렌다는 건 명치를 두드리는 고사리손

설렌다는 건 잠자는 숲속의 공주 건드리는

강아지풀

바이올린 일어난다

단지 머리카락 네 가닥으로 어루만진
고혹적인 세이렌이
귓바퀴를 피어싱한다

오직 팽팽한 화살 시위 잡고서
될 듯 말 듯 영혼을 태우는
광기의 디오니소스가 독주를 건네고

그저 가느다란 버드나무로
낭창낭창 흔들면서 공백 없는
하루 꽉 채우는 올가미

오늘도
잡아끄는 늘씬한 활로
웃기고 울리는 작은 어릿광대가 서 있다

시간이 머무는 곳

무리 떠난 새 한 마리
부유하던 창공 접어 잠시 멈추고
가만히 창 사이로 손키스 날린다

청량제 감싼 산기슭 녹음
울타리 채운 망막 선 따라 배영하면서
각진 가슴을 문지르고 있다

비비크림 없는 민낯 부끄럼이
헐벗은 나무에 볼 붉히면
한가한 봄이 훑어낸 초록이 키웠던 추억

샤넬 넘버 5가 부럽지 않은
미풍이 가져온 아카시아
기억에서 희미한 솜털 향수 달고
우릴 향해 공중제비하는 산

봉제 건드린 어린 에피소드 봉지가 터지면

무게 잡던 노송이 뒷짐 풀고

신명 나 끼어든 호랑이 담배 피던 시절

검버섯에 떨어지면

입가에선 동화가 빠져나왔다

한가로이 푸른 하늘 베개 삼아 오수 즐기던

구름 한 자락

산 적막 깬 추억이 굴러다니면

깔깔거리는 이파리들 소리에

벌떡 일어나 고개 내미는

경계에서

갈림길에서 휘청대는 들국화가 있다

강 건너 손 놓고 바라볼 수밖에 없는
밑동에 엎드린 허무는 소태껍질이라서

기억의 유치를 고스란히 심은 지붕은
의식에서 뜯어진 잡상을 깨운다
잇몸에서 발버둥이 치근 찾는 것은
매미가 헐떡이는 것만 같을까

탯줄 먼저 끊어낸 선발을 다독인 반창고는
절벽에 피어난 꽃

우주에서 동떨어진 별 하나 잡은
떨굼보다 비장한 선을 그리면

비로소 어른이 된다

하얀 거짓말

운명에게 대거리 벌인 날
떨고 있는 아침이 들려온다

평안을 맥 짚는 기민한 하늘 선물에게
안개꽃 뿌린 선선한 대답

목구멍 살살 긁어대는
책임과 의무가 가득한 방에서
플레이 리스트를 켠다

혈에 색을 살피는 보물에게
색을 오독하는 뻔뻔한 입의 술수

사랑에게 들이댈 보잘것없는 빈 수레가
나열된 목록만 달랑거리는
퀭한 입술이 멋쩍은

모내기하는 날

한창 물오른 봄과 섞은 질퍽한 논
촌부의 구성진 노랫가락이
전신 마사지하는 순박한 들녘

틈을 매단 못줄 맞추는 촌부가 익살 던지면
농을 푼 음당 꽂는 촌부
한 폭의 아침에 비경을 낳는다

패인 여름 보조개가 볼 붉히는
아이는 저리 가라는 걸쭉한 어른들 세상

고단한 농부 일상에 품앗이가
때로는 위로 얹고 막걸리 부어
어깨 뽕 탄산에 춤추는 못줄

호기심 물린 아이의 부드러운 종아리 살
군침 도는 야들야들한 초여름을
더러운 이빨로 범하는 거머리

아지랑이 따라 방정 떨던 순수가

철퍼덕 주저앉은 활달한 엉덩이

부둥켜안은 끈적한 논

졸지에 수지맞고 이게 웬 떡이냐

웃음 가득한 들녘에서 침만 삼키는 헛바람

절기 중 소만이 가슴에서 빼낸 티라미수

한 조각 퍼즐 맞추고 싶은 오월

미소를 빚는다

思월은 눈 감고서

思월은 여름을 낳기 위해
우아한 백조가 자맥한
보이지 않는 수공예

思월은 푸른 너울이 오기 전에
배부른 곡기 모조리 바닥내고
건강한 깃발 꽂는
온 힘 다한 심폐소생술

思월은 귀환할 왕좌 지키기 위한
터질 줄 알면서도 던진 혈관

오월의 찬란한 빛은
思월의 피, 땀, 눈물 녹여낸
후주 버린 아가미

세상 아름다운 것들은 거저 얻은 것이 아닌
앞서간 자연의 유산

思월은 아날로그 장남

주기만 하고 떠받들지만

책받침이 없어 흔적만 남기고 가는

꾹 눌러쓴 팬심

구독자 폭발한다

가경천에서 이태는

고래 심줄 생명력으로 무장한
각다귀와의 긴 동거
시나브로 짙어진 빛그늘 눈치챘지

시간의 빛잔치 고스란히 떠안은 손 잡고
까불고 방정 떠는 봄
실없는 리프팅 올리지

행여나 외로울까 만남 종종 주선하고
따듯한 담소 茶 권하는 숲 카페
새끼보다 더 살갑지

지친다는 것은 사전에 없어
단 하루도 쉬지 않는 에너자이저 체력 뽐내지

물 밀고 쳐들어온 불청객 오래 치른 뒤걷이
만신창이 꼬리에 방울 단 고양이도
울컥한 역류 껴안지

헐벗은 벌판에 꺼내든 용울음에도

정화에 취한 화사한 용모

낯 익히며 설레는 천변은 늘 잔치라지

바통터치 게임

그제는 유치원에서
어제는 학원에서
오늘은 직장에서
리볼버에 총알 넣고 실린더 돌린 이 바닥은
러시안 룰렛

이미 지나간 이는
꺼릴 것 없이 런웨이 활보하고
오지 않은 이만 떨고 있다

다음은 누구 차례일까
바통 꼭 쥔 채 터치할 다음 주자 찾는 매의 눈

봐줄 거란 호의를 기대하기엔 너무 멀리 왔기에
한번은 만날 수 있다는
의식만 미간 좁히는데

정전기 모은 손 그저

가볍게만 지나가다오

산딸나무의 믿음

무심코 하늘이 회상한 눈부신 뒤안길에
갈색 눈동자 찾아온
녹의 속 희미한 자태

호기심 잡아당겨 노안 들이대도
하늘 향한 오롯한 시선
청아하고 고고하다

이파리들이 납작 엎드려야 보이기 시작하는
하얀 미사포 쓴 자매들
영성체하고 싶은 마음 솟아오른다

빛이 그린 하얀 손 올려 경배드리면
보드라운 호위 받고 자란 탐스러운 배밀이는
새들을 먹여 살리는 양식

신 향한 한결같은 자태가 올리는

간살질하는 바람에도 흔들림 없는

묵직한 가슴에 단단한 십자가 돋아난다

데생

가볍게 준비하는 드로잉 쥔 손
질끈 입술 깨물고
핏방울 발라 만드는 밑그림

채운다고 부드럽게 손잡은 그림
쓰라린 줄 모르는지 고혈 짜내
조심스럽게 백지 덮는다

더 짙은 음영이 힘주어 잡은 손
쿨럭 토해낸 핏덩어리로
덧바른 피가 칠갑하는 종이

화합물이 거부한 손 살풀이
툭,
고통 꾹 참은 연필과
부러진 다리 감싸 안는 종이

다시 그리겠다고, 이번엔 잘 그리겠다는 손

살 도려낸 드로잉

연필 쥐고 다시 시작한다

끙끙 앓아도 몰라주는 손이라도 기꺼이

감수하는 피딱지 깎는

총량 못 채운 질풍노도

지독한 하루가 저문다

행복한 이기주의자

네 떡 너 먹고 내 떡 내가 먹는 것도
나쁘지 않은 거지
같이 하되 따로 노는 우린 가까웁고 먼 사이

독립된 충전 위한 우리만의 룰
껍데긴 데면데면한 말랑말랑한 마시멜로 속살이
감성 나부대는 생생한 하루

서로 등 돌린 몽돌이라서
부대낄 땐 행복한 교집합

나는 야
너는 야
날파람 아닌 명주바람

바람은 흔들지 않고 넘어서는 것

겉보다 속 키우는 단단한 영혼의 결속

마주 보지 않아도 내 안에 독보적인 네 자리

한 칸 비워둔

너는 야

나는 야

흔들림 없는 흑과 백

다르다 거부하지 않고 틀리다 눈총 쏘지 않는 외풍

거친 소용돌이 핵 가운데서 서로는 최후의 보루

내 떡 내가 먹고

네 떡 네가 먹는 거지

먹여 주지 않는 떡

혼자도 좋지

부처님 오신 날

오늘 이 순간 영공을 파고드는
소망 가득 불어넣은
까마득한 연등 행렬

세상 모든 희로애락이
화소 뿌린 승무를 추고
찰나가 꼭짓점 찍으면

현재는 떠나가도 곳곳에 새겨지는
우리 안에 등고선
질끈 리본으로 묶은 추억 강정
꺼내 먹으며 위로받는

기와에서 돋아난 어머니가 떠오른다

여래는 날 보고 있다

장미를 떠난 대박

차트(chart)가 스마일 라섹하였더니
물레타 향해 달려드는 황소가 된다

덩굴손이 들러붙은 미간에 쌓인 벽돌 앞에
아침이 늘어뜨린 투우 경기장

　　황소가 피 볼까
　　벽돌이 사색 될까

우회전하는 풍경 사이로 기어코 들이미는
아파트 하얀 철 울타리엔
늙은 보초병과 한 몸으로 뒤엉켜 검붉은
욕정에 빠진 꽃잎이 색색거린다

치명에 눈먼 자들의 난사는
물오른 육체 맘껏 강간하는 시선들

검은 오로라 잠수한 아프로디테의 차선책은
스무 해 경력 늙은 보초병만 얻는 어부지리라서

오월 음지 아래에서
반숙한 아침이Go
완숙한 밤이Go
곁임 된 아프로디테 환희의 늪에서
늙은 울타리만 허우적댄다

살갗을 좀먹는 검버섯에
소금 공그른 방울들이 솟아나고
곪힌 청순한 마음 희석한 중력이 만든
탁한 오후가 쓰린 줄도 모른다

시선 둘 곳 찾지 못해 어리둥절하면서도
슬그머니 새순 시선 각인하는
빨강이 장악한 성냥갑 사위

이른 아침부터 불타는 욕정 보면

오늘은 타오를까 불기둥

꿈틀거리는 시계추 염원하는 차트(chart)

육욕과 물욕, 짧은 생엔 다 부질없다

눈살 찌푸린 구름 선글라스 낀

태양만 뒷짐 지고 돌아선다

첫술에 배부른 여자

이것저것 낯 붉히지도 않고
개인정보 캐내는 여자

아직은 초장이라 낯설고
알려주기 부담스러운 망울이
요리조리 비낀 딴청을 부린다

물고 늘어지는 불도그는 무적함대

대놓고 심문하는 두꺼운 신도리코
10 주면 5는 받아야 지속될
카테고리가 댓글로 터득한 블로그는
거미줄 그물망이라는 정의

제 정보 1만 공개하고서 신비주의 치장한 채
신상 파고드는 평정척도마저 외면하는
세로의 등장
재미있는 사회생활, 신기한 인류 종

모르는 게 없어야 편하다는
폐지 모으듯, 이력을 쌓는다

위불위없이 음흉한 동굴은
비밀로 덧칠한 인물화 앞에서
더 이상 까고 싶지 않아 남기는 패들이
등 뒤로 자꾸만 숨어든다

무게가 입을 열었다

삼백육십오 일 일 분 일 초 쉬지 못했다

전신에 기생하는 옷들
메고, 이고, 지고
생 다하는 그날까지 벗어놓지 못하는

겹겹이 바짝 달라붙어 포개진 옷감들이
저마다 제 말을 한다

오십견이 어두운 힘을 키우는 겨울이면,
밤낮없는 통증들이 비명 삼킨
휘발 모은 미등(尾燈)이 추위를 밟는다

양지와 음지 사이 세 들어온 냉담
오므라든 그림자 꿈 자락들이 꼽아도
네가 포근하면

허연 김 서림 내린 머리

한 철 빗질 못 해도

바깥에서 떨까 감아 주는 목도리

괄괄한 자외선 촉수가 들숨 막는다

전신이 흐물거리며 장마에 젖는 해파리에 곰팡이 피어난다

바야흐로 미니멀 라이프시대

이태 말 없는 것들은 유배 보낼 결심을 한다면

최선을 다한 시간들,

버려진다고 오해하진 않을 것이다

켜켜이 쌓인 옷 바라지에 지치고 푸석한 사철

숨통 트였으면

내뱉은 체념들이 두엄 올리는 서랍장에

한 점 부끄럼 올라앉는다

널 닮은 세이지

망막에 들어온 순간
작은 고사리가 되고 말았다
갑자기 날아든 비보 기나긴 투병 소식에
삼킬 수 없는 가시 되어 명치에 콕 박힌 십자가

여리여리 가냘파
만지면 부서질까
함부로 다가설 수 없었다

깊은 샘 바닥 긁어모아 꺼내는 두레박
보여 줄 순 없지만
그림자는 늘 멀어질 수 없었다

망치로 못 박는 꼬리가 보였다

아스라이 들려오는 심장 고동 소리가
들숨만 갖고서 돌아서지만
오늘도 벗어날 수 없다

머리에 손 얹는 해의 살

살의 결 온전히 돌려주고 싶어서

이심전심

처음 주고받는 언어 속에 흐르는 동질 어류

그 언젠가 어디선가 같은 흐름을 타고
분명 타인이지만
같은 논두렁에서 만난 빗물이기에
낯설지 않은 흙내음

비행기 타고 불시착한 뜻밖의 장소
난류와 한류가 교차한 바다에서 만난 어장

쉽게 터지고 쉽게 멈출 줄 모르는
파스텔 유희

이계에서 퍼지는 동류 향기
이방인에게 스며드는 익숙한 기류

2부

·

장마전선을 빼고

아카시아가 소환한 것들

혹 치고 들어와 어린 시절 꼬마 신랑 내밀고
예민을 떼어낸 표정에
첫정만 가득 들이붓는다

마을 이장 댁 새로 들인 흑백텔레비전
초저녁 데생만 마치면 내청마루 분해하는 마술에
스스로 빨려 들어간 동네 사람들

사는 낙 생겼다
흑백이 보여 주는 다채로운 우리네 잔상

고된 시골 노동이 말하는 게으른 자는
한 끼조차 먹을 수 없다
바지런히 몸 축내는 아낙네
시름 덜어줄 화면 뚫고 나온 지난 밤
잘근잘근 씹히고 난도질당하는 못된 시모와 첩실

들로 산으로 장난감 하나 없어도

어린 것들은 모두 퍼주는 탐험 현장이
최상의 건강 놀이터

허공에 공기 된 돌 낚시 반복하고
찔레꽃 줄기는 어린 입엔 새우깡
달근달근한 칡뿌리 동심을 씹는다

날마다 불평 없이 환한 미소로 옷고름 풀어
품어주는 자연

시골에선 귀한 하얀 소녀
홀딱 빠진 어린 신랑이
홍조 바른 토끼풀꽃 시계 반지로 청혼하고

꽃 훑어 입속에 넣어주면
순수한 연심 받아먹는 시골

동네 언니 아카시아 잎사귀 하나로
사랑한다, 안 한다

동네 오빠 향한 열병에 벌렁거리는 작은 잎맥

사랑을 읊어주는 줄기에 여유 생기면
순식간에 오픈 행사 여는 파마 전문 미용실
오한이 나 부들부들 떠는 이파리들
시술하면 떨군 오후가 잠든다

구불구불 신기한 여름 만지고 또 만지면
귀찮아 등 돌린다

날마다 새로운 모험 찾아 자연 품으로
온몸을 던지는 그 시절 동네 아이들
아카시아는 우리가 진정 그리웠다

고깔 쓰다

푸른 너와 붉은 나
빗기다 마주 보고 한 곳 응시하는 우리

더우면 네게 추우면 내게
스미는 어우렁더우렁

서로 만나 먼동이 트면
이슬 발설하는 새벽

저 찬란한 빛
자궁에 품은 양수
아침이 태어난다

사칙연산 감정 계산법

너와 나의 감정 사칙연산으로 계산해 볼까?

감정 + 감정 = 폭주

감정 - 감정 = 체념

감정 × 감정 = 환희

감정 ÷ 감정 = 위로

이브 만난 아담 환희에 빠져들었고

이브와 사랑하며 그 열기로 폭주했다

이브 사랑만 갉아먹는 아담 갈구하다

지쳐 나가떨어진 이브는 체념한다

전쟁 같은 사랑길 위에서 가끔은 위로받는

아담과 이브

오랜 학습 끝물은 먹물인지 눈물인지

알 수 없는 물이 든 아담

이브의 심장 앙상한 눈빛으로 바라보는

어긋난 듯 아닌 듯 맞춰보는 사다리꼴 감정

아담과 이브는 독사에 물린 상이용사
이상이 탈수된 오늘이 기지개 켠다

루나와 테라 USD에 대한 단상

뛰어난 두뇌 가진 인재는 도덕적이어야 한다

대원외고, LSJU 애플과 MS까지
한국판 일론 머스크였던 가상 화폐 총아

뛰어난 두뇌는 최고로 남을 수 있음에도
도덕을 버리고 사익 위해
넘봐서는 안 될 걸 넘봤다

넘사벽 되어버린 아파트
취업은 먼 나라 이야기, 연애, 결혼까지 포기한
시대의 아픔이 꿈꾸는 최후의 보루
이 땅의 청춘, 나락에 떨어뜨렸다

타의 추종 불허하는 인재는
도덕적인가 늘 경계해야 한다
그가 딴맘 먹으면 범인들은 그저 맥 놓고
당할 수밖에 도리 없다

뛰어난 두뇌의 인재는 도덕적이어야 한다

아돌프 히틀러

흑역사 지나간 수레바퀴에 타오를

도돌이표가 대기하고 있다

돈이 없지 가오는 있다
- 강수연 배우를 추모하며 -

별이 떨어졌다

동시대 스크린이 또박또박 쓴 언니이자 배우

작은 앵두 입술과 초롱초롱한 별 망울로
평생 늙지 않는
위대한 별로 가슴에 남았다

베테랑의 서도철 형사가 읊은 대사로 남은
기상 넘치는 명언은
이제 전설이 되었다

철수와 미미로부터 시작된 팬심
요염한 여인 천하의 정난정이
터트린 절정의 꽃망울
만인이 취한 꽃내음 화면을 찢고 나왔다
씨받이
삭발투혼 아제아제바라아제

임권택과 함께한 한국 영화 기생충으로 이어진
한류 신호탄을 쏘아 올렸다

칠 년 만의 귀환 연상호와 함께한
넷플릭스 정이는 뜯지 못한 유작
만민에게 마지막 선물로 남겼다

몸이 말하는 위험 신호를 무시하지 않았더라면

너무 빨리 가버린
스크린의 꽃, 강수연

향년 55세
죽음이 점점 가까운 곳에서
귀가하지 않고 주위를 맴돌지만

필름이 이식받은 별똥별은
불멸에 산다

배합하다

배우고 익혀서 멋들어진 커피 만들 듯
관계도 섞고 섞이는 비율이 있다면
가슴에 흐드러진 농담이
수묵화로 거듭날까

한입 터는 아라비아 커피
때로는 독한 위스키가 위안 따르고
우유 레이스 두른 카페인이
불면은 재울 수 있다면

사랑보다 연하고 정보다 짙은 가슴에
동정 대신 연민 거품 흔들어 넣고
어떤 말도 대체할 수 없는
잔잔하게 마음 잠재울 시럽 두 방울
크게 주고 싶은 사람

바리스타 꿈꾸며 소용돌이치는 심장

수면 밑에서 잠재우고 싶어

누름돌 얹는 커피가 정적을 괴고 있다

애정 테스트

한 달 전인가 그전인가 전선 건드렸지만
까먹은 어미 새 뜨끔하다

공부한 스트레스보다 더 큰,
공부 안 한 압박 붕대에 핫케이크가 당긴
가시고기가 새에게 먹고 싶다고
살짝 운 띄웠다

해 줘야지 두뇌는 저장했지만
오작동한 엄지손가락 삭제하고

작아진 사랑이 핫케이크로 키우고 싶은 걸
멍청한 물음표 꿀밤 주어도
오류가 찔리는 엄지손가락

느낌표 지문 바른 엄지가 재빨리 저장하여
죄를 덮는다
오늘 저녁, 부드러운 케이크에

시럽, 슈가 파우더 잔뜩 때려 앉혀서
사랑을 먹여줘야지
달콤함으로 늘상 출동 달려줘야지

혼자 큰 줄 큰소리쳐도 아직 고프다니
미쁘게 받아줄
얼마 남지 않은 사랑 익혀줄 시간

핀치 히터 나타날
그날이 걸어오고 있다

별 다방 한때

아닌 듯 은연중 까다로운 하늘과
청남대 가기 전 커피가 비위 맞추는 사이에
손녀가 발발한 수수께끼 전쟁

매번 헛발질만 하는 사위
어린 딸 싸증 없은 핀잔에 머쓱하고
기대 컸던 이모
포장 뜯고 보니 속 빈 강정이라
콧방귀만 뀌는 동심

깜짝 복병은 최고령 외할머니
아낌없는 찬탄에 우쭐한 하오

모처럼 단맛이 난다
쓴 시름을 한입에 터는 별

언제 오냐고 자동차 닦달하는 청남대와
몸달아 땅 차며 흔드는 자동차

안 보이려 고갤 숙이지만 보인다

이태만의 햇빛이 팔짱 낀 동행

울컥할까 두려운 하늘이

단속하는 손

일진의 추억

벌건 국물에 투영된 단발

불쑥 출몰한 삼 년을 시달린 오백 원짜리 악몽

재잘대는 종달새 친구들이 하나둘 빨려간
방앗간은 학교 앞 분식집

시뻘건 옷 걸친 못돼 먹은 일진이
하굣길 가로막던

꾸벅 조는 초승달 오독한 붉은 소리는
껄렁대는 삐딱한 자세

맡겨 놓은 예금 출금하듯 삥 뜯던
핏발 선 눈매가 풍랑경보를 내린다

비 오고
눈이 와도

버티는 시뻘건 일진

읍소해도 소용없는,

채찍이 질끈 감긴 시뻘건 세상

선명해진 적화통일 꿈꾸는

일

진

예민한 촉수가 오감만으로도 알아챈

작은 어깨 짓누르는 가장의 무게

오백 원은 밀봉한 입술에서만 산다

진물이 나오는 처연한 살림은

모르는 종달새들은 손잡고 조른다

눈치가 백 단인 종달새 우두머리

오백 원 주겠다고 팔짱 껴도

선악 있다 뿌리치는 기운 센 자존

차라리 시뻘겋게 물들면 평온해질까
식은땀 흘리는 뒤틀린 뱀이 헛바닥을 늘름거린다

　실랑이는 에덴이 아니다
　불굴의 색은 비련이다

시뻘건 국물 마주한 작은 어깨 앞에서
눈치 없이 시위 떠난 화살로 튀어나온 시절
시뻘건
일
진

어깨 눌린 가슴에 통한으로 부활할 붉은 야욕
또, 다시 일진이 똬리를 튼다

조퇴

예정된 항로 향한 콧김 내뿜고 달리는
애마가 쓰다듬으며 가는 길목에 선

고지를 코앞에 세웠다

발광하며 눈길 옥죈 문장 하나
기로에 멍때리고
급정거하다 비틀거린 잎사귀
한 장 툭,

스산한 바람 소리에
움츠리는 몸끼리 기대는 나무들

노선 바꾼 눈길이
빗금치고 돌아서는, 좌표 바꾼 이정표

모자는 이팝나무를 부른다

겨울을 기약하고 먼 발걸음 떠난 그대

아빠가 보고 싶다
언제 오시나 꿈속에서도 그려 보는
겨울이 들어앉은 풍경

혹시나 작은 소식이라도 닿을까
작은 손가락 프로펠러
바람칼 올라타 돌리고 돌려보아도
부질없는 몸부림일 뿐

거우 초여름이라 저지하는 무장한 바람 감돌고

겨울을 꿈꾸는 언어는
한시라도 어서 어루만지고 싶다는
눈빛에 맺힌 애련

하얀 진주 방울이 쏟아져 내려
계절을 속이는
하얀 글발 쌓이면

그대여,
바람 따라 흩날리는 서릿발 보면서
나침반 삼아 겨울인 듯
우리에게 오세요

차트에 낀 먹구름

파웰의 입술 움직임에 윈드서핑 타는 캔들

바람 앞에 선 우리 시장
보기 싫은 선반영이 미리 발 뺀 미국산 캔들

현금다발 쟁여 놓은 지하실은
낌새 알아챈 설거지 마친 세력

빨리빨리 문화인 줄 급등하는 달러와 물가
불기둥 치솟는 환율과
교차하는 지갑과 미꾸라지 잔고

인플레이션 넘은 스테그 플레이션도
아직 배고프다 노리는 퍼팩트 스톰

목줄 제대로 쥔 핵 시뮬레이션과 푸틴

용트림하려고 꿈틀거리는 IMF와 금융위기

뗏목 거둔 회색 물살

예견된 빅 스텝은 어디까지 질주할까

십 년 주기 암흑기

오지 마라, 오지를 마라

애먼 잔챙이들만 죽어난다

비 온 후 갬

간밤 탱크가 짓밟고 간 터전에는
더 이상
희망이 들어오지 않았다

소망 찾아 판도라가 뛰쳐나왔다

그림자 쪼아먹는 군화가 쉰내 나
말라죽겠다

구겼던 지도 펼쳐 진격하는 꿈
분홍이 발설한 면도날이 그은
자간은

해거름 굴리는 커다란 바퀴에 인수분해되고
뛰어가는 낮에 미분된 글자

살려고 바둥대는 꿈 자꾸만 비웃는 덩치가
주석을 지운다

나무 위에서 집 나간 멧비둘기들이

문장만 끼고 있다

꼭대기에선 치즈 밟은 고양이가 쥐로 변하고

초미립자 입은 밤이 흩어져 책을 덮는다

줄 때 먹자

크룹티와 하의 실종을 보며
누군가는 혀끝을 차기도 하지만
멋 부리는 것도 한때 실컷 몸매 자랑하게 두자

수익 난 계좌잔고 흐뭇하게 바라보며
장기 투자한다고 말하지만
줄 때 먹자

당당한 햇살 먹은 또렷하고 보드라운 꽃들이
현혹하는 이 계절
바쁘다 지나치지 말고 화사할 때 만끽하자

그 어떤 천상의 소리가
내 아이 웃음소리만큼 고울까
어릴 때도 잠깐 맘껏 안아 주자

매번 같은 소리로 몸 챙겨라
말이 아픈 하늘 선물 뻔한 레파토리

뻔한 게 아름다웠다

함께할 때 공유하고 사랑한다 고백하자

지금, 여기는 곧 과거

지난 건 프레임 속에서만 어쩌다 산다

이탈리아가 불렀다

어서 눈붙여야 하는데
공연히 설쳐서 잠만 저만치 밀어내는
이상하게 말똥말똥한 설렘

열었다 닫았다
혹시나 후렴으로 확인하는
빠진 것 하나 없는 꽉 찬 가방

하얗게 밤을 지웠어도
허밍 하면서 그저 경쾌한
풍선 발걸음

어깨 떡 벌어진 건축물과
놀라운 비밀 꼬불쳐 둔 음흉한 유적지
낯선 인종 사람들 속에서도
정신없이 열 일하는 낯가림 없는 카메라

잠들지 않는 예술

담뿍 담아 보자는 투지가 빛나는 렌즈

거치적거리는 내숭은 벗어 버리고

깊은 내 안의 날 꺼내는 기분 좋은 일탈

먹거리 건지는 날

병마와 사투 끝에 간신히 살아남은
알맹이 잃은 대나무 닮은 하루
다시는 채울 수 없는 트라우마 달고
찾은 재래시장

선명한 살색으로 홀리는 물오른 야채들에
넋이 나간 복무비만 중년 시장바구니
시선을 빼앗겨도 또 빼내고 있다

끊어질 몸통에 매달린 원숭이 손 투정하듯
보채는 늘어난 세로가 미소 짓는 기도
"사랑해"

부드러운 숨결이 입술에 흩뿌리는
꽃비 닮은 메아리
"고마워"

살랑이는 봄 목덜미 간질이며 수작 거는

바람 귀 뼈에 미소가 울려 퍼지는

구름이 귀가하는 길

우린 띠앗을 건졌다

해바라기를 본다

만만찮게 깽판 부리는 대근
쫓아온 파고 뒤 남은 건 흐릿한 망막과 새치뿐

행여나 태양이 안 보일까 부기 뺀 목
찰나는 잡아도
모세혈관이 놓은 건 눈꺼풀

연거푸 쏟은 고열 덩어리가
목말라도 시침 떼고
밤이슬 축내며 보초 서는 땅 지기

칼바람에 인후가 찢겨도
고요하게 지지하는 별바라기

떠나갈 구름 잡던 새가슴 철렁이면
새카맣게 촘촘했던 씨앗들이
길 내는 속보가 시큰한 정오
태양만 따라온 얼굴을 떨구면

꺾인 나이는 시든 물 바라기

풍랑주의보 떠간 새파란 물살이 때리면

브레이크 고장 난 길어진 그림자 본체를 깁는다

나무와 여자

나무는
오래 살수록
키우는 나이테와
불리는 허리만큼
추앙으로 보상받는다

여자는
오래 살수록
커진 앞자리와
두꺼워진 중앙지방에
비유로 둔갑한 낱말이 꼬인다

영계
달걀 한 판
암탉이란 속어로
눈금 채운 시간이 욕본다

세상은

흔드는 바람결에

흩날리는 구름 따라

머물지 않고 극복한다

국보 제10호

칠흑 같은 문맹 속에서 우매하게 당하는
자식들을 구하고자
긴 불면 끝에 탄생했다

짧은 시간 들여다보면
금세 보이는 눈과
심장을 짓눌렀다 풀어진 울혈

까맣게 은혜를 잊어버린 채
거친 외래어로 얼굴 할퀴고
더러운 악담은 온몸이 골병들게 만드는 후레자식

모진 수모당해도 재빠른 속도로
IT 지배하는 혜안이 만든 날씬한 체중은
만물 현상을 속사포 랩으로 보여 주는 래퍼

모두가 보이는 빛내는 고상한 가치

요리 보고 저리 봐도 찾을 수 없는 흠집에

오체투지하는 지구촌

득음이 울려퍼진다

공감에 대한 자세

굳이 위로한다고 흥분해서
말 한마디 보태지 말고
지켜만 보아 주세요

기껏 생각해 주겠다고
간신히 잠재운 물결 휘저어
물보라 깨우려 들지 마세요

진정 도움이 필요하다면
참지 못하고 표시 낼 때가
바로 적시입니다

가까운 사이일수록
가시에 찔리지 않게
소중히 다뤄 주세요

미리 지레짐작으로 선수 쳐서
보드라운 살 긁히게 할

것까진 없을 거예요

가만히 손 내밀어 하소연할 때
안아주고 토닥여 주는 것으로 충분하지 않을까요

사랑한다고 모든 걸
통제하지 말자구요
어쩌면 도망가고 싶어질지도 모르니까요

내리는 비애

내린다
벚꽃 살구꽃들 절정의 폭탄
장렬하게 터트리고 남긴
잔해더미 정리하며 구슬땀 흘리는

온다
고생했던 지난 세대 고이 보내고
새로운 태양에 눈뜬 어린 생명 맞이
대청소하러 몰리는

쏟아진다
먼저 간 서사 탯줄로 남긴
숭고한 숙명 완수하는 고수들
촉촉한 목소리로 독려하려 하강하는

흐른다
물꼬 들고 온 눈물샘
갓 태어난 생명 짊어질 지게 위로하러

바지랑대 세운

젓는다
녹물을 휘젓지만
우리는 서로에게 젖는

3부

·

묵주머니 만드는

가리비

거칠 게 대해 달란다 말 잘 듣다가
순진한 살에 핏방울 튀고
살살 길들인 길손 좋은가
고요히 몸 뉘고 이불 덮는다
뜨끈한 아랫목은 참한(慙汗)도
입 말라 떡 벌리고
풀어헤친 옷 사이로 속살이
드러난다
탐나는 살결
입맛 다시는 이불 냅다 젖히면
부산 앞바다가 출렁인다
끝도 없는 먼 길
끝도 없이 베풀던 오라버니가 떠오른다
오늘 밤이 지나면
다시 볼 수 있을까
풍랑 없이 뿌연 부포가 눈물에 뜬다

벽치기

처음 본 가슴이 살랑살랑
가녀린 한 떨기 코스모스 여인

하늘거리는 설렘 가득한 햇살 한 줌 쥔 바람

강아지풀 살짝 머금은 입술이
가벼운 발재간 스텝 밟으며
슬쩍슬쩍 몸짓으로 밀어보지만

찰나는 용수철 팅기는 철벽

오기 돋아 친구를 동원한
거친 대시(dash)하는 회오리바람에
부러질 듯 휘청대지만

제자리 경계는 완벽해서
거스러미 생겨도 찢기지 않는 투우사의 혼

예방주사

먹구름도 아닌 것이 힘든 일은 왜
한꺼번에 몰려오는 걸까
하나씩 찾아오면 면역되어
덜 아플까 봐 그런 걸까

검은 구름 무리 지어 한 번에
세게 소나기 맞고 벌떡 일어나라고
나름 배려해 주는 걸까

띄엄띄엄 보지 말고 자만할까 봐
손바닥 안에 있다 알려 주는 바늘
깊이 찔러주는 걸까

한 수는커녕 한 치 앞도 볼 수 없는 미래
새옹마라고 속 끓이지 마라
한 번에 털어라 그런 걸까

그런 거였네
몰아서 바닥에 꽂히고 나면
탁구공처럼 튀어 오르라고

세게 앓고 벌떡,
반동으로 일어나라는 거네

앉은 자리가 예쁜 나이테

눈 아파 빛 보게 한 詩

구독하지 않은 주인

다른 예쁜 아이 想에 빠져들 때

북쪽에 사는 그대가

마음에 넣은 詩

활자로 들어와 부화한

주인은 성에 안 차는 詩

저 멀리 유배 보내고 등 보일 때

詩 찾아 삼만리

낳은 정보다 기른 정이 무섭다 했다

그 누가 이토록 생모보다 사랑해 줄까

주인은 낳기만 할 뿐

못생겼다 모서리에 구기고

잘생긴 씨앗 삼키려 할 때조차

생명 보듬어 안아주었다

놀마저 뜨겁게 노 젓는 뱃길

일용할 양식 챙기는 그댄

계절이 보낸 사자후

어리둥절한 하루가 모녀 둘 얼싸안는다

순수의 시대

지금이 좋을 때다 말하는 이 치사하고 미웠다
살만하니 옛다 던져 주는 먹이 같아서

순수의 시대는 다시 오지 않겠지
피노키오가 뭐라고 눈물이 날까

공들여 치열하게 싸웠던 3040
안개 속에 숨어 버린 꿈무늬는 뜬구름

발밑에 떨어진 잡히지 않는 달빛 조각들

피노키오는 무엇이길래 날 울릴까

감성과 현실이 공존한 별 헤는 밤
주파수 99.7 메가헤르츠가
쪽배 태우고 귓바퀴 휘감은 하루
위로한 감미로운 음성
나의 사랑, 내 청춘

그대 내 품 안에 안겨 눈물 다 쏟아내라

레드 와인에 섞인 열정

3040 눈물에 희석하여 핑크로 승화하라

잃어버린 곁임 떠나버린 젊음아,

눈 감고 그대 내 가슴에 안겨

어둠과 깊은 대화 나누어라

밤하늘이 등 내밀어 줄 테니

피노키오가 수도꼭지 켠 날

베수비오가 되어버린 감성

자비 없는 필멸의 여정 저물었음을

석별의 노래로 돌아오지 않을 시대가 운다

좋은 인연은 뜸

날 닮은 힘듦 지나칠 수 없었기에

미약한 에너지 뱉어내어

지친 네게 주고 싶었어

세파에 오래 노출된 오염된 물이라도

생명수가 되길 바라면서

날 닮은 생의 원형 답습하지 않길

지도상으로 멀어지고 가끔 생각나면 잘 지내기를

무소식은 희소식

눈이 감은 채 소망이 말해

어쩌다 엇갈린 카톡이나 통화될 때면

어제 만난 것처럼 봇물 터지고

늘 아쉽고 섭섭했어

아팠던 어제 이제야 살 만해지고 늘 그리웠다는

다른 입술이 포개는 동그라미

응답한 꿈과 해후

주어진 시간 만끽하는

너의 낯이 샤랄라 해

뒷모습이 깨금발로 걸어

말 타는 노란 머리가 안심하는 오늘 참 좋다

틈의 야유

엄격한 시간의 진격
남녀노소
빈부격차
상하좌우
가리지 않는 공평함에
겸허해지는 나약한 우리는

운명의 수레바퀴가
외면한 거듭하는 공회전에
윤회하는 달 문양이 벌리는 미세한 틈

아무도 모르게
예정된 항로 틀어버리곤

정 떼는 콘티 짜놓고 리허설 반복하라고
이간질하는 와이어 크레인이 기함하게 만든다

고약하고 기괴한 야욕 채우는 회로

여유 부리는 잇새로 빛 샌다

끈끈한 유대만 돈독해지는 아까운 순간

허투루 낭비하고 싶지 않다

단단히 동여매는 탯줄엔

공진이 없다

게임의 여왕

위만 보지 말아
비교하는 순간
이미 게임에서 패할 거야

올려다보지 말아
고개 아프게 뭐 하러
편하게 자연스럽게 응시해

분수에 맞게
주제를 알고 살면
시야가 굴절되지 않아

가끔은 내려다봐
올려다보는 이들의 표정
가만히 들여다봐

얼마나 쓸모없는 고민하고 살았는지
투영하는 어제와

겹쳐 보이지 않아?

산다는 건 긴 듯 짧은 코바늘 레이스
이기려고 위만 올려다보면
곡선 잃게 될 거야

가끔은 뒤돌아보고 보조 맞추며
내려보기도 하면서
함께 멀리 가 보자

게임에서 모두 승리하는 거야

수술실 스케치

침착하자 다독이며 애써도
제멋대로 떠다니는 손의 이빨

시간이 지날수록
떠났다가 돌아오는 맥 빠진 박자

민망을 비웃으며 안는 이중모음이
다그치는 울대 끼운 메스가
아무렇게나 녹의 걸친 수술대 위로
거칠게 끌어올린다

허튼짓할까 부라리며 얼굴 찌르는 빛무리
거슬리지 않으면 큰일 나는 늑대
은빛 눈들이 파고든다

움츠리는 등딱지 속에 지레 겁먹고 숨은 감성

제발,

흰한 대낮에 이성과 감성이 합방하러 들어간다

시계는 알고 있다

질퍼덕거리는 골목길과
물 먹어 흐물흐물한 토담의 주범
폭우가 찾아오면
한 푼 아쉬운 일용직 쉬라 한다

매서운 칼바람이
대지의 목줄 감싸고 위협하는 한겨울
콘크리트도 무서워
벌벌 떨며 숨죽인다

회전근개 파열되고 족적근막염 도져도
온종일 머슴인 듯
일하니 골병드는 줄 아니 모른다

겁도 없이 재깍재깍
한결같은 네가 관리 감독했더라면
화정 붕괴는 있었을까
누가 안 볼 때는

잠시 허리 펴고 농땡이 부린대도

무어라 하는 이 있을 리 만무하다

우직하게 자리 지키고

똑딱똑딱 제 할 일만 하는

융통성 없고 대쪽 같지만 헌헌대장부란다

백일홍

질곡의 삶 속에서 강한 정신 심고 유머

장착한 은비녀

일 년 열두 달 삼백육십오 일

바람 잘 날 없는 민가 숲

아침마다 화툿점 달래던 상념 많은 눈동자

함께 한 민화투, 고스톱에 이어

암산까지 섭렵하게 만들었던 가보 띠기

그것은 Happy Salmon

돌아보면 보이는 것은 산이요 물이로다

창백한 피부에 갈색 머리 백합이라 부른 손녀

밤 귀청 때리는 기침 소리에 깊은

미간에 고랑 판 달

보는 이마다 붙잡고 기침 광고하던
작은 치마저고리가
네 근원 뽑아내고 씻겨서 염원과 기도로
달인 진액

널 삼켜 모금 비우고 나서야
밤이 잠에 들었다

양귀비보다 더 붉은 피 죄다 내어줘도
웃으며 죽음마저 초연했던 들꽃

넌 날 백합이라 호명하고
난 할머니를 부른다

정물과 추상

빛바랜 일기가 무심코 찾아왔다

노트에서 벗어난 글자가 제멋대로 흩어져
부유하다 말고 운동장 선을 그린다

기억과는 사뭇 다른 영상이
뇌리에서 노닐던 뉴런과 시냅스는 오류였다고
글자가 맞춘 퍼즐은
갇힌 배열 아닌 자유로운 사유

자음과 모음으로 말미암은 실들이 풀어져
지나간 궤도에 올라타고
수정하는 틀어진 진로

홀로 남아 빛을 지운 색보다 냉철하게 직시하는
연민 따윈 섞지 않는 차가운 심장

문장이 가르는 네비게이션은

파묻힌 추억 묘지 뚫고 부활하는 불멸

명멸하는 조명보다 애틋한 글자

남기자

그래서 그리도 붉었던 거니

유난히도 발길이 채였다

빛나는 햇살 방문한 나날로 유난히 컸던 함성에
타이어가 갈라진 아스콘에 살 들이대는 소리,
참새 떼 고함에 묻힐 만도 한데
볼 적마다 붉은 심장 마구 내놓는 허무로
가슴만 움켜잡았다

아귀에 남은 기력 앗아가도 습(濕) 없는
메마른 우듬지 저렸다
새들이 모여 나란히 주물렀지만
낫지 않아 휘몰아치는 부정맥 된 잎맥

바람은,
바람은 롤러코스터 타고 하강한
수은주 애인 데려왔다
이쁜 여잔 기 세서 매력 있다고 우쭐대면서
붉은 연지가 부른 입김에

힘 풀린 갈잎만 지그재그

붉은 혀 내미는 마지막 탱고는

현란한 발자국만 내려앉고

깨가 톡 깨가 톡

채팅방이 경기하는 부고장이 토설한 진정

캠퍼스는 그날 눈이 퉁퉁 부었다

겨울 바라기 미워서

떨어지는 건 낙엽인데 왜소해지는
당신이 바라만 보는데도 아련합니다

빽빽했던 침엽수림이 문득
내려다보고만 정수리가 너무 밝아서
눈시울이 단풍이 됩니다

언제 이렇게 소리도 없이 낙엽이 진 걸까요

무정한 바람이 당신에게
가까이 다가가면 이제라도
슈룹이 되고 싶습니다
한 잎이라도 지킬 수 있게

붉은 건 잎사귀인데 사랑이 왜 붉어질까요

자식 바라기 외사랑은 활활 타오릅니다
장작은 조금만 남았는데

숙성되다 피고 남을 애달픈 마음

미안하고 가련해서 그만 받고 싶은데

가는 사랑이 오는 사랑을 이기지 못합니다

염치도 없이

조우

어스름한 태양이 뒷짐 지고
관망세로 돌아설 때 만난
반가운 키다리

짧아도 짧다고 언급하지 못한
실체만 바라보며 그간
참 격조했다

천진과 순수와 자주 어울렸으나
삶이란 동반자 만나
옛 친굴 지웠다

동심 만났으니 저질 세포
추억이라 외면 않고
기운 좀 차리려나

지금도 늦지 않아 말 건네는 소꿉동무

긴 꼬리 감춘 땅거미 젖어 들면

소란을 삼킨 밤 주머니에

키다리가 들어간다

익숙한 것과의 결별

푹 젖은 장마철 장판 아래 숨은 지폐는
햇볕 쨍쨍한 며칠이 지나도
찌르는 쿰쿰한 냄새를
지울 수도 도려낼 수도 없었다

깨끗한 정수기 물이 돕겠다고
오지랖 두 팔 덤벙거려도 여름이
뼈마디에 박힌 정화는 어림없었다

새로 태어나거나 온몸을 흐르는
계곡의 내장까지 개운한 폭포수로
참선이 버린 수행 쪼가리 주워 먹었다

템플 스테이 마치고 귀가하는 길
마주친 황토물 그득한 아가리 크게 벌리고
위협하는 이무기가 반가웠다

친근하고 편안한 황토가 뭐라고

튀어나온 용수철 스프링이

앞서가고 있다

제발,

가야 할 때가 가까워진 이는 물욕
모두 벗어내요
남은 사랑 모조리 흘려보내고
물 증발하고 나면
대지는 두 팔 크게 벌려 젖가슴을 내밀어
알인 듯 품어주겠지요

올해 산수
야윈 가슴에 남은 사랑 흘려보내느라
분주해요
이제는,
받아만 먹어라 아무리 소리쳐도
든든한 밥 대신 귀먹은 귀한 뿌리

생각이 나요
워낙 물욕이 없어서 자꾸만
주면 안 될 것도 나누어 주셨던 할머니
얼마 지난 어느 날,

멀리 혼자서만 아무도 모르게 소풍을 떠나셨지요

가슴 밑바닥에 고인 붉은 절규

두 손으로 움켜쥐고 놔주지 않으려고

아무리 용을 써도 자꾸만 흘러내려요

제발 질금질금

입술만 축일 수 있어도 좋아요

꼭, 여미세요

물 사색하다

수소 둘과 산소 하나 흐르는 것엔 이유는 없다

난 세상의 보물이라 말하고
고물이라 하는 그

나는 하늘 선물이라 하고
그는 대물이라 하지

자연 속에선 한낱 미물이라서
끼니 주고 가끔 우물 주면
잘 성장할 작고 어린 식물인 줄 알았지

뜨거운 눈의 물과 차가운 피의 물 줘야만 하는
스스로 클 줄 아는
덩치 큰 애물일 때 있었지

퇴물 될 허물 벗어
하늘에 뇌물 바칠 생각했지

제물 되어서라도 의미 있는 거물로

만들 수 있다면

족하지 않을까

아니다

건강한 인물이면 족하다

위로 던지는 저 달빛 부스러기도

단물이었다

품에 안은 어머니가 좋아서

사뿐히 지르밟는 가을 한 잎

머리 위로 탈의한 상의로
온통 드러난 눈부신 유방
부끄럼은 없는 어머니 젖줄만 같아
깊숙이 파고드는 가을

산전수전 공전 해탈한 어머니는
너른 품 비우고
팔 벌려 들어오라고
앙가슴에 쏙 들어가는 가을

바람도 눈감아 준 나른한 정오에 연

따듯한 모유 꼭 붙들고
두고두고 꺼내 빨고 싶다
자꾸만 늦추는 복귀 알람

결실 맺는 계절

올가을엔 마음에 응어리 전부를
거둘 수 있게 하소서

삭은 감정 털어 바람에 흩날리고
튼튼한 감정 둑 쌓아 무르익게 하소서

그로 말미암아 저를 구심점으로
마음속 자장이 주위 모두를
행복에 오로라와 스노수잉하게 하소서

포노 사피엔스의 하루

자명종이 우련한 여명 깨우고
찬물 끼얹은 새벽
갈색 이슬 머금은 커피와 살 태운 기지가
아침 씹어 요기 달래는 서막

이슈 짚어주는 마시멜로 목소리는
햇살 속에 잘게 흩어져 버린
소나기 대비하라 우산 챙기는 아리따운
여인 배웅으로 나서는 길

선과 능선에 가려진 양지가
음울한 그림자 뽑아내고
자욱하게 분사하는 물빛 그리움에
가슴 두드리는 밤잠 설친 먹구름

졸음 미약에 취한 우산이 고개 떨구었을 즈음
나타난 귀여운 알람이
한껏 치켜든 턱으로 팔짱 낀 자신감

가소로이 뽐내는 스탑 로스

개망초가 산발적으로 반기는 천변길

만 보에 도전을 깨우는 스마트 워치

존재가 어둠 밝힌

이 손안에 있소이다

기기는 몸피를 덧댄 피부라서

고체가 아닌 감성 동지

칩 아닌 말랑한 연인이 내린

오늘 하루 마감은

잘 자요

저녁을 덮어주는 베라 31

추석 만평

조상님 뵙고 하산한 뒤
별장에서 다시 뭉친 형제들

그림자의 바지런한 손놀림에
풀 한 포기 없는 정갈한 정원과 텃밭에

폭포수 흐르는 주인장 사회로
자연과 어우러진 아모르파티는
눈물과 웃음 범벅된 또 하나 기억의 편린

오후에 잠긴 달짝지근한 와인은
체향되어 구릉 타고 넘어가는
생전 조상님과의 추억 단편집

술잔을 가득 따르는 만월

오늘만 같아라!
형제의 우듬지에 차오르는

감정의 전이와 회한(回翰)

공유한 이야기 산적 씹는 기쁨이
앨범에 차곡차곡 끼워지는 삶

곧, 사라질 오늘 꽁지머리
어찌 이뻐하지 않을까
오늘을 사랑하자

달이 풀어낸 이야기가 담을 넘는다

4부

·

뜨거운 이웃

SNUH 채혈실 몰

코로나 시대 비웃는 유명 맛집인 줄
꽉 찬 사람들이
순번이 되면 일말의 주저함 하나 없이 임무
완수하고 재빨리 비워 금세 채우는 공간

후발주자는 보이는 곳에서
선발주자는 어디선가 볼 수 없다

언제나 나올까
이제는 나오겠지
바짝 입 마른 가슴과 삐뚤어진 고개를
매어 단 눈동자가 배회한다

혈에 관 찾겠다고 무리한 초췌한 발등에
한 방울이 아까워 방울방울 넘겨주고자 하고
네 통이나 필요한 나이팅게일은 너무나
황송해서 고갤 숙여 받는다
쉽게 내어주고 다음 타자에게 바통

넘겨줄 동안 몸소 겪은

고

수, 고스란히 내주면서도 담대하고

지켜보는

하

수, 담소하니 들썩인다

쉽게 줄지 않는 행렬에 올 적마다

창백하게 질리는

가슴이 하늘 향한 질문 하나 또 둘

　　언제쯤 안 해도 될까요

　　언제나 완전히 정복될까요

강약약약강강

인연의 붉은 실이 펜 남

이다가도 임이 되는 남자는

언제나 아래로

깔고 편하게 부담 없는

하늘의 묘리로 내게 온

남의 남자 될 이 남자

언제나 우위에서

나를 옥죄는 매듭이자

어쩌다 빛이 되는

국가가 부른다

하니 숨통은 끊지 않는다

허파에 바람 불고

나비 날아올 날 기다리는

왜 하필

왜 물망에 올랐을까

정적이었다 왜 그때
주위가 움직였을까

왜 그때 연락했을까

너는 왜 받았을까
무시해도 됐을 텐데...

왜 그때 휘몰아쳤을까
잡은 끈 놔 버리면 될 걸
잡고 있었을까

그때나 지금이나
가만히 서 있는 나무를 본다
혹시 답을 알고 있을까 싶어서

돼지의 왕이 글로리 손을 잡고

주었던 이들은 기억조차 희미하고
받은 이는 꿈에서조차 끓어오르는 물에서
갓 나온 추어는 곱씹어도
물에 잠긴 것들은 이상하게 평온한
분별없는 물이 잘도 감싸준다

추어는 잊으려고 애써도
계속 부활하는 조각난 파편들이 아물지 않게
방해하는 소금을 끼얹어 벌어지는
곪은 상흔이 자꾸만 설토하는 이유

물에 전하는 물수제비 곡예 펼친 결계

떨쳐내려 발버둥 치면 올라오는 기포들이
재생하는 과거의 악령들

버티고 눈감는다면 미래는 없을 거라는
어두운 문장들이 밤을 지우는 활어들을

선동하는 공감들이 댓글로 밝히는 새벽

기필코 무덤이 부둥켜안아야만
사라질 지옥문은 열리고
반성 없는 악어새조차 기어코 기기괴괴가
엮는 지독한 굴레

왜 그랬던 거니

눈감은 침묵에 사무친 어둠이
피멍을 갉아먹는다

돌아온 이동 수 계절

대설이 살짝 얼리다만
살얼음 동동 떠다니는 동치미
맛을 본 새가
활짝 펼친 날개로 미련 떨군다

해거름에 버선발 달려온 매듭 달
무엇을 옭매러 왔던가

TV에서는 상투 풀어헤친 사내
눈 감고 비녀장 지른 칼 앞에서
칼춤 추는 표정 없는 머릿발
서릿발 되어 넥타이 옥죈다

고정불변 궤도 따라 걷는 별
되고 싶던 배신한 첫인상
고요한 은신처 찾아 배회한다

서터 내린 중년 그림자

대리석 바닥에서 졸아들고 있다

날아간 새 쫓는 구름 부러운 탄식

사방에 흩어지면 주워 먹는 엄동설한이

종종거리며 달려든다

쥐불놀이

신나게 얻어맞은 깡통
피딱지 떨어져 땜빵 되어도
벙어리 삼룡이가 되어 히죽거린다

작은 불 씨앗들이 동족을 태워
매서운 찬바람에 맞서 대항하면
밤하늘이 팔짱 끼고 관조한다

살짝 덮은 살얼음 이불 덮은 논
도깨비불 동그라미가 지축을 흔든다

하나 둘 셋 넷 서로 장단 맞춘
시절이 공전하고
순수가 자전하며
빨간 입술로 어둠을 집어 먹는다

아이는 볼에 꽃 키우고

신난 장갑이 불꽃 이빨에 깨물려도

신나서 상모 돌리는 밤

동심 지핀 불면한 달 노곤해지면

턱 고인 별이 지키는 저녁

밤이 비운 허공에서 불꽃이 경주마 들인다

드로잉 온 필름

발등에 생채기 생겼다
별거 아닌 게 움직일 때마다
거슬리는 접점을 확장하는 불꽃

미혹을 버리지 못하고 눈길 주고
손 가는 하이얀 운동화
이번엔 괜찮다고 최면 건 묶음의 변주가
이율 배반하는 상처

감지되는 언어 속에 미세한 철가루가 있다

오감보다 기민한 육감이 천진한 가슴 후벼파도
냉혹한 도록을 내민 냉철한 지성

여유가 넘치는 홍수가 난 댓글이
잡은 조약돌 하나
줄 지나간 고양이가 긁은 선에
호수가 잠긴다

재활용 코너에 덩그러니 올려진 눈부신

운동화 한 켤레

금세 누군가 가져갔나 보이질 않는다

아, 발등에 꽃이 묻겠다

가렵다

붉은 잎이 발등에 스멀스멀 기어오른다

없다, 발등엔 아무것도

들려온다

낄낄거리는 건방진 소리가

돌아섰다

복기하는 신발의 원형

발 꺼낸 비가 내린다

이내 폭포수로 쏟아지는 무리

호수는 본색 찾고

소금쟁이 한 마리가 연잎 속으로 숨어든다

180도 파노라마

과거 복기하는 새벽 별
해묵은 고질병 꺼내다
떨어뜨린 어젤 주운 건
방랑 끝 귀가한 별똥별

오만에 물들인 현실만
들뜨고 제 버릇은 남아
불쑥 야합하는 오기는
빛 대신 추락을 부른다

고구마

혼자 산다고 대충 하시는 뿌리
피해야 하는 것이 많은 우백호

솜씨 없는 짝지 둔 동지
생각 없어 건너뛸까 하면

자주색 적삼 벗어내
목욕재계한 노란 몸이
부끄럼 접은 채

아침이나 한낮, 한밤에도
요구할 때마다 낯 붉히지도 않고
온전히 내어주는 속살

소리가 온도를 말하면

귓바퀴 채찍으로 갈기고
냅다 질주하는 꽁꽁 언 세로인 일자 세상에서
가로를 훑고 지나가는
말갈기 온도는 검붉은 30도

달갑지 않아도 잘도 호출하는 벨
좋은 게 좋아서 붉히지 않는 0도의 미학

붉지 않다고 속없는 줄 아는
진드기는 섬찟한 15도

사랑해, 도달한 전도사
무심 깨뜨린 느낌표 주고서 받아든 물음표
썬크림 덧대지 않은 낮
주름 편 금속 36.5도

고요 흩날리며 사위 누르는 카멜레온 체온이

문장부호 괄호 어디쯤에서

눈 좀 붙이려 한다

시퍼런 횡령

감히 만져볼 엄두조차 못 낸 614억

무거운 침묵 매단 내면 깊숙한 곳

육중한 몇 겹의 갑옷 걸친 시재 철 금고도

꿀꺽할 수 없는 거대한 부피

물컹물컹 떠오르는 유령 된 잔재들

강원랜드에서 잡은 눈먼 29

허우대 미끈한 제비에게 시 금고

10억으로 구걸한 애정

친절하다 상냥하다 칭송받던 늘씬한 23

동거한 남과의 생활비로 영업장 찾은 무구한

주름진 손 땀 절은 수천 강탈한 위장한 친절

그믐달이 찾은 어김없이 들러붙는 각종 청구서

들어온 흔적만 남기고 빠지는 월급 뗀

창구에 살점 내면

주제 모르는 선물투자 보석 선물로

뽕 심던 37

제 것인 냥 잔머리로 돌려막다 감사에 걸린 5억

은빛 팔찌가 먹이는 콩밥, 별 훈장에도

어디선가 민낯 드러내는 망령들의 후예

법 잣대가 지극히 소심하니 황금에 눈먼

사방에서 가늘어진 눈들이

거대한 간을 키우고 있다

실세 혹은 허세

이곳은 한 마리의 젊은 늑대가 사는 숲
움직이는 곳마다 영역 표식 남기지
늘씬하게 빠진 네 다리
윤기 나는 털
빛은 받아내기 겹나지
은빛 동공 까칠함 숨기지 않아
허연 이빨 드러내 영역에 으르렁거리지
사위가 쥐 죽지
슬쩍 문 닫아 우리 안에 가두지

갇힌 줄 모르는 늑대는

가끔 초원 밖으로 뒷짐 지고 나가지
기회는 이때다
슬쩍 발 디디고 표식 제거하지
단, 쥐도 새도 모르게
들켰다간 매서움에 짓이겨질 수 있지
온다,

어서 나와

주인이 오셨다!

슬슬 비위 받쳐드려야지

통장의 어제와 오늘

우리 그이는요

늘
각 잡고 절도 있는 모습이지만
절대 속이거나 거짓말하지 않아요

언제나
딱딱하고 온기는 없지만
한결같은 마음으로 변절하지 않아요

한결같이
날카롭고 뾰족하지만
날 위해 동그란 목걸이를 만들어 줘요

변함없이
적요해서 말 한마디 없지만
내 이름 속에 적어 주는 사랑의 메시지는
점점 쌓여만 가요

그이도 늙어 가는 걸까요

젊을 땐 그렇게 날 위해

차곡차곡 벽돌 쌓았죠

지금은 답보하고 있어요

애썼고 그만 쉬어도 된다고 말해 줄래요

화답 詩
- 알코올과 일촌의 관계 이론 -

첫 만남만 짧게 설렌 칡과 등나무
날실과 씨실로 꼬인 지독한 스토커는
매일 밤이면 밤마다 찾아와 유혹하는 뱀이
선악과를 낚아챈 물

주님이 식도 타고 가슴골에 도달하면
무릉도원이 별건가
이것이 진정 사는 거지

부모도 가짢아 보이는
동공 없는 사람으로
사람 같짢은 이즈미 신이치의 기생수

몸 상할까 전전긍긍한 늙은 그림자 끌고
새끼주머니에 넣을 치유 찾아 세우는 굽은 황혼

후각 진동하는 퀭한 이슬 미아 된 망막
끼니 만난 기억은 묘연하고

기 빠지면 벙어리 삼룡이 술 차면 증기차

종잡을 수 없는 지킬과 하이드

치 떨리는 초점 보기 싫어

투명 인간 취급하는 허공

허공은 쉽게 도수 버려도 버릴 수 없는 황혼이

속 끓이며 피안을

끝나는 순간까지 놓지 못하는 손

밤마다 달 보며 울부짖는 늑대처럼

며칠째 주님 찾지 못해 오르는

신열에 흔들리는 바이탈 사인

병동 찾아 면회 신청하는 긴 얼굴은

한결같이 황혼뿐

허공 찾는 창공은 눈을 씻어야 한다

내가 날씨야

괄괄한 햇살이 아무도 모르게
어지간히 하라
면박 주는 걸
바람이 부른 한로가 목도한다

추위에 안주한 영혼이
더위에 시달린 잎사귀에
마음 더께로 내민
이쯤 날씨 낚아채라

네가 날씨다

손 얹어 위로하는 날
씨가 흩날린다

눈높이

내 신장이 작았을 땐

내 시선 기껍게 맞춰준 하늘

높은 신장 얼추 따라잡을 땐

때때로 하늘 시선 비껴간 나

내 신장 하늘 추월했을 땐

희번덕거리는 번개가 도망칠 때가 있었고

하늘 신장 자꾸 어려지고

커지는 내 시선과 멀어지는 하늘

무심한 하늘,

원 없이 바라만 보아도 사무칠 달인데

이젠 하늘 눈망울 잡아 줄 차례

황혼은 그림자를 벗긴다

타인의 얼굴

최근 백일새 북한이 덜덜 떠는
사춘기 이후로 중심 잡던 체중
감쪽같이 사라진 반쪽 된 땅콩 껍질 킬로그램

거른 적 없는 카페인 탓하기엔
지나친 처사라 말리는
불혹의 지난 세월

마스크 향한 매서운 눈초리
손 내젓는 평균치 오차범위
나이 탓 마라
물끄러미 바라보는 우주의 패러독스

낯선 거울
누구냐, 넌?

시류를 거스른 때아닌 고민 주는

우주 섭리 저버리고

시공간 초월한 생체언어야

식빵으로 사랑 굽는

열린 통 큰 창틀 사이로 온정 주문하는 사람들
천방지축 아이
시간 떠안은 직장인
학원에 쫓기는 학생
혼자인 끼니가 서러운 노인
따듯한 열량 찾아서 오노라

네모난 우주에 정성 듬뿍 발라
뜨거운 박애로 굽는 동안(童眼)의 그대

따스한 손길 거쳐 간 우주는 빵 아닌
은하수의 별

마음속 시름 씹고 영혼의 허기 채우는
암브로시아

그대의 짙은 연륜 녹아든 위로

갈아 만든 넥타르에

떨궜던 화축 꼿꼿해지는 청춘들

토스트가 아닌 긍정 에너지 제공하는 그대여,

그대 시름은 누가 달래 주는가

허무는 조울증

혹시나 부푼 기대란 풍선 키웠더니
여지없이 바람 빼는
어리석은 실망이 끼어든다

내리 같이 웃고 울었기에
몇 번이나 물 먹이는 현실
정이란 짝으로 잊고 싶었다

어제가 그제 같고, 오늘은 어제 같은
내일은 오늘 같지는 않을 거라
주기도문이란 외씨실 혼자 꼬아본다

말똥 빠진 질척이는 수렁이
기도문에 잠깐이라도 실성해
미친 짓 할지도 모른다

후렴 반복은 회피하자 도피하는

장마 끝 햇살 한 줌 눈부신 오늘에

애틋한 주문 걸어본다

외할머니 손칼국수

무거운 노동에 낙하하는 소금기 묻은 중력

때 잊은 쓰디쓴 밥벌이 한약에도
우렁차게 소리 내며 실속만 차리는 뱃속
그럴 때면 떠오르는 할머니 말씀
"끼니 거르지 마라"
가려운 칼등 긁어 주면 사포 같지만
시원하고 따듯했던 손

밀가루 힘껏 치대고 홍두깨가 둘둘 말아
어루만져 주면 점점 커지는 할머니 사랑

피 같은 사랑 차곡차곡 접어 모아
잘게 썰어 흔들어주면 나타나는 긴 면발에
바삭한 걸 기억해 낸 입맛 다시며
동그라미 그리는 빨간 세모

하얀 연기가 피어나는 진한 할머니 사랑

가득 담은 한 그릇에

시장기가 몰려오는 커지는 눈동자

두 젓가락에 꼭 사로잡힌 할머니

사랑 스민 면발 한 움큼에

저만치 마중 나온 성급한 빨간 세모

후루룩 후루룩

장대비가 입술 사정없이 때리자마자

순식간에 어두운 기도 속으로 감춰 버리는

고된 한나절

우물 같은 연륜으로 우려낸 뜨거운 사랑으로

입술 문밖에 새어나가는 시름과 설움

코밑으로 배어나는 희망이 방울지면

내일의 태양은 가슴에서 피어난다

뜨물

잠든 공주는 공들여 기다린 참
무심한 늙어도 왕자의 입맞춤

어쩌면 그리도 야박했을까
아끼다가 똥 됐다는 말,
이제는 흩어진 유골 되어 버린 무정한 구절

그리 붉었던 캠퍼스가 단풍 품어
데우고 태워 신열 펄펄 끓는 정

유효기간 지난 변질된 상표는
잎사귀 가슴도 혈관 터져 뿌려진 야속한 사람
그대로 아껴서 그 눈에 소금기 뺀 눈
물 모조리 말릴

멍든 뿌리는 정맥이 흐르지 않는다

피어날 때 쌓아두기만 한 알량한

바람꽃 알갱이 도발한다

앨리, 앨리, 앨리

인 박힌 열 십 자 텅 빈 눈으로 응시하고 있다

붕 뜬 모성을

🍃 해설

돌아본다는 것과 앞을 보는 것의 간극을 안다
– 민은숙, 「앉은 자리가 예쁜 나이테」 –

정성수 시인
향촌문학회장, (사)미래다문화발전협회장,
명예문학박사

Ⅰ. 프롤로그

   요즘 시를 읽지 않는다고 시들의 불만이 많다. 이는 기우일 따름이다. 세상이 삭막하고 삶이 팍팍할수록 사람들은 더욱 시를 찾을 거라고 나는 믿는다. 민은숙의 시집 「앉은 자리가 예쁜 나이테」를 펴드는 순간 삶을 용서하고 마음은 깊어지기 때문이다.

   현대시를 읽다 보면 난삽하고 난해해서 당황스러울 때가 많다. 위안과 긍정을 얻기는커녕 오히려 짜증만 나던 기억을 독자들은 갖고 있을 것이다. 민은숙의 시를 읽으면 서경과 서정이 정감 있게 다가옴을 눈치챌 수 있다. 시를 읽는 내내 삶은 그런 것이라고 고개를 끄덕이게 된다. 삶의 의미를 새삼 깨닫고 무릎을 치게 된다. 때로는 사랑 이야기를 따라가다가 문득 지난날 잃어버린 사랑을 떠올리며 아련한 그리움에 젖기도 한다. 민은숙의 시들은 시사와 서정이 편지시에 써 보낸 서한체 같은 느낌을 준다. 따라서 한결같이 진술해 진한 여운을 남긴다.

시가 추구하는 궁극적 목표는 삶을 아름답게 하고 정서적으로 위무를 받는 데 있다. 그러기에 시인은 좋은 사람이어야 한다. 좋은 사람은 보편적 상식을 갖은 선한 사람을 말한다. 물론 시마다 시인의 색깔이 묻어나고 적확的確한 시를 통해 독자들에게 위로와 위안을 준다. 흔히 말하는 시적 겉멋에 빠져 문장을 낭비하지 않는 선한 사람쯤이라고 해도 좋겠다.

좋은 시는 좋은 시가 무엇인지 아는 시인만이 쓸 수 있다. 생각과 안목이 일치할 때 살아있는 시이기 때문이다. 시인 자신에게 걸맞은 시야말로 감동을 주고 시적 성장에 도움이 된다. 좋은 시는 시인의 인간적 고백이 독자에게 전달되어 시인과 같은 눈으로 세상을 보게 한다. 시인의 오랜 고민을 조심스럽게 토해내기 때문이다.

요즘 시를 쉽게 쓰자는 운동이 벌어지고 있다. 쉽게 쓰자는 것은 함부로 쓰자는 것이 아니다. 이해하기 쉽고 공감이 되는 시라는 의미다. 이해 불가한 시어를 행간에 삽입함으로써 자신의 위상을 높이고 함축이라는 미명 아래 시 속의 미아가 되는 것은 불행한 일이다. 생활이 주는 좌절과 고단함을 시에 버무리며 뾰족하고 단단하게 보이려 하는 것은 시에 대한 모욕이다. 빼어나고 훌륭한 시라 할지라도 시를 쓴 시인의 삶과 일치하지 않는다면 독자들이 절망하게 될 것은 불 보듯 뻔하다. 시인의 인간성이 내밀하면서도 밀접하게 시에 녹아 있을 때 시는 빛을 발휘한다.

시는 독자에게 내미는 한 봉지의 약 같아야 함에도 은유隱喩, 직유直喩, 낯설기, 가지치기, 비틀기를 한다고 불필요한 부사와 형용사를 동원하여 글을 포장하는 경우가 많다. 누구나 쉽게 이해와 감동을 받을 수 있는 시를 써야 하는 것은 시인의 기본자세이자 태도이다. 머리가 아닌 가슴으로 쓴 시야말로 진짜 시라고 전재하면 좋은 시는 구조가 탄탄해야 한다. 첫 행이 독자를 끌어당길 수 있는 흡인력이 있을 때 독자의 의표意表를 찌를 수 있다.

요즘 산문인지 시인지 구별하기조차 어려운 장시들이 많다. 일각에서는 그런 시들을 실험시니 개척시니 해체시라고 치켜세우기도 한다. 시행이 길어지는 것이 문제가 되지 않는다. 다만 축약된 정서를 어떻게 갈무리할 것인가에 대한 고뇌의 흔적이 희미해 시를 죽이는 것이다. 시를 대하다 보면 어려운 시는 쓰기 쉽고 쉬운 시는 쓰기가 더 어려움에 동의하게 된다. 이것이 시의 얼굴이다.

시를 잘 쓰려고 조급해하면 딱딱하고 어려워진다. 힘을 넣기보다 힘을 빼야 좋은 시가 된다. 자연스러워야 한다. 독자가 무슨 내용인지 짐작되면 시적으로 절반은 성공한 셈이다. 시는 독자가 공감하고 생각할 수 있게 여백을 남기는 일이 대단히 중요하다. 시적 대상에 사랑을 주는 일이 먼저이다.

민은숙 시인의 시들은 삶의 현장에서 구체적 체험을 바탕으로 사물과 대상을 관조하여 진술해 가는 힘이 있다. 유형화하면서도 한편으로는 제재의 인용 및 현실적 비판과 인유와 형상화를 꾀하고 있다. 내밀하고 아름다운 비유적 문장은 시들을 돋보이게 한다. 또한 산문적이고 난해한 시들은 독자들로 하여금 시에서 멀어지게 하는 요인 중의 하나라는 것을 간파하고 있다. 시의 정도를 유지하고 있음은 다행스럽다. 일상의 경험에서 체득한 시적 떨림을 시의 질서 안으로 끌어들여 소통의 통로로 사용하고 있음에 주목한다.

삶을 관조하면서 현실을 인정하는 민은숙 시인이 시를

쓰는 일은 일상에서의 휴식과도 같은 것이라 추측된다. 시를 쓰는 일이 정신적으로 육체적으로 고된 일이지만 시인의 목숨과 같다는 것을 아는, 민은숙 시인이 집중하는 대상은 주로 서정과 해학이다. 주변에서 흔히 보는 풍광들을 시라는 색을 덧입혀 시적 감각을 재구성하고 있음을 여러 편의 시에서 발견할 수 있다.

II. 앉은 자리가 예쁜 나이테에 앉아서 본 서정과 회한

민은숙 시인의 시들은 우리에게 지혜와 예지를 일깨워 준다. 시들은 마음을 편안하게 하고 경건하게 한다. 인간의 유한성에 대한 성찰과 동시에 자신의 상처를 돌아본다. 시인이 웅숭깊은 눈을 가질 수 있는 것은 삶과 소멸이 시 곳곳에 자리하기 때문이다. 또한 삶의 음성을 시적 언어로 옮겨놓고 있음을 알 수 있다. 시인의 시 면면을 따라가 본다.

분명 재작년에도 작년에도
망부석은 대지에 파고들어 뿌리내렸다
·

.

이제야 찾은 하얀 젖무덤

고동이 잡아당겨 소나티네 부른 천진해진 심장

지하에 핏기 빠트린 모세혈관에
펌프질한 피가 뻗어나고 있다
　　　　－「자목련이 피었다」부분 －

　목련木蓮은 나무에 핀 연꽃이라는 뜻이다. 옥 같은 꽃
에 난초의 향기가 난다고 해서 옥란玉蘭이라 부르기도 하
고, 꽃봉오리가 붓처럼 생겼다며 목필木筆이라고 부르기
도 한다. 목련은 앙상한 채 겨우내 혹한을 견뎌 온 것이
지만 한순간도 봄날을 잊지 않고 있었을 것이다. 시인은
아마 잊히지 않는 이름이 있다면 모두 목련이라고 명명
해야겠다는 다짐이 보인다. 그 다짐 속에는 나무에서도
연꽃이 피는데 사람의 마음에서는 못 피겠느냐는 반문이
목련처럼 피고 있다.
　'이제야 찾은 하얀 젖무덤/고동이 잡아당겨 소나티네
부른 천진해진 심장//지하에 핏기 빠트린 모세혈관에/펌
프질한 피가 뻗어나고 있다' 이런 시구는 자기를 해제해

보지 않고는 쓸 수 없고, 해제된 자기를 재구성하지 않고는 표현할 수 없는 시의 경지다. 자기를 소중히 여기며 사랑하는 것은 자아다. '망부석은 대지에 파고들어 뿌리 내렸다'는 남편을 잊지 못하는 어머니의 애틋함이다. 시를 서정적으로 그려내는 것은 생각처럼 호락호락하지 않다. 섬세한 감각과 투명한 언어적 성취가 있어야 한다. 그때 비로소 자목련에서 하얀 젖무덤을 볼 수 있는 것이다. 이 시의 묘미는 자연 현상에서 생명을 읽어내는 데 있다. 백목련 뒤에 자목련이 피는 까닭이다.

더 짙은 음영이 힘주어 잡은 손
쿨럭 토해낸 핏덩어리로
덧바른 피가 칠갑하는 종이

다시 그리겠다고, 이번엔 잘 그리겠다는 손
살 도려낸 드로잉
연필 쥐고 다시 시작한다

지독한 하루가 저문다

-「데생」부분 -

시를 쓰고 읽는 것은 시 속에 구현된 사물이나 현상에 순간적으로 동화되는 일이다. 자기 생각과 느낌에 새로운 촉기를 부여해 가는 작업이다. 감각과 사유는 아무에게나 쉽게 만들어지지 않는다. 사고와 상상과 경험이 동반될 때 가능하다. 이런 일련의 행위들이 불현듯 시라는 문체로 옮겨진다. 따라서 지속적으로 무의미적인 것에 대한 인지적 능력이 발현되어야 한다. 의도적으로 정서적 충격을 가하면서 시의 샘에서 시를 건져내야 한다.

시「데생」은 무의식이 아닌 존재적 확인이다. 상징의 중심이 한발 비켜선 살핌에서 얻어지는 발견과 발견을 통해 시인은 '지독한 하루가 저문다.'며 '연필 쥐고 다시 시작한다'고 성찰한다. '더 짙은 음영이 힘주어 잡은 손/쿨럭 토해낸 핏덩어리로/덧바른 피가 칠갑하는 종이'라며 시를 붙잡는 것이다. 이는 결국 채색하지 않고 주로 선으로 형태나 명암을 나타내는 회화 기법인 데생Dessin을 통해 한 편의 시로 승화시키고 있어야 한다.

아직은 초장이라 낯설고
알려주기 부담스러운 망울이
요리조리 비낀 딴청을 부린다

위불위없이 음흉한 동굴은

비밀로 덧칠한 인물화 앞에서

더 이상 까고 싶지 않아 남기는 패들이

등 뒤로 자꾸만 숨어든다

- 「첫술에 배부른 여자」 부분 -

사람이나 시나 시대가 어둡고 어수선할수록 정숙하고 시가 더워야 한다. 삶이 고달프고 차가울수록 유순한 위치에서 삶을 지켜내는 무기가 될 때 머리와 가슴에 평화가 온다. 민은숙 시인의 시는 친숙하고 따뜻함으로 모나지 않는 측은지심이 공존한다. 그것은 생활과 교감이며 농익은 시로 태어날 수 있는 기회가 되기도 한다.

2연의 '아직은 초장이라 낯설고/알려주기 부담스러운 망울이/요리조리 비낀 딴청'에서 앞에 닥친 일과는 전혀 관계가 없는 일이라면서 의뭉스럽게 딴청을 부린다. 민은숙 시인은 마지막 연에서 '위불위없이 음흉한 동굴은/비밀로 덧칠한 인물화 앞에서/더 이상 까고 싶지 않아 남기는 패들이/등 뒤로 자꾸만 숨어든다'고 종언한다. 삶역시 「첫술에 배부른 여자」처럼 만복의 기쁨을 누리면 안되는 것일까? 물음에 독자들이 대답할 차례이다.

눈 아파 빛 보게 한 詩

구독하지 않은 주인

다른 예쁜 아이 想에 빠져들 때

북쪽에 사는 그대가

마음에 넣은 詩

활자로 들어와 부화한

주인은 성에 안 차는 詩

저 멀리 유배 보내고 등 보일 때

詩 찾아 삼만리

.

어리둥절한 하루가 모녀 둘 얼싸안는다

－「앉은 자리가 예쁜 나이테」 부분 －

　민은숙 시인의 시들은 우주적 상상을 겸비하면서도 차분하리만치 꾸미지 않으면서 모양내지 않고, 있는 그대로 그려내고 있다. 자연과 현실이 경계에서 시의 밭을 확장하고, 시적 상상력을 확대시키는 흔적이 돋보인다. 시에서 나타나는 일관된 생각이나 주장이 환경과 시의 결합으로 자연을 떠받쳐 진솔한 언어의 고백으로 표출된다. 이는 시인이 살아온 우주적 관점과 삶에 감춰진 비밀까지 수용하려는 자세라고 할 수 있다. 등 뒤에 숨겨진

비밀까지도 수용하는 것이 바로 시다.

표제시 「앉은 자리가 예쁜 나이테」는 시인의 시에 대한 고뇌가 담겨있다. '눈 아파 빛 보게 한 詩', '마음에 넣은 詩', '성에 안 차는 詩'를 따라, 詩 찾아가는 삼만리의 끝은 언제쯤 만나는가? 시인의 시에 대한 화두다. 사람들은 나이가 들면 저절로 철이 드는 줄 안다. 마음도 넓어지고 생각은 깊어지고, 욕심에서 벗어날 줄 알지만, 그것은 꿈이자 희망일 뿐이다. 중요한 것은 자신에게 엄격해야 한다는 것이다. 그때 섭섭했던 것에 대한 미움도 사라지고 용서가 된다. 아니면 더 옹졸해지고 별일도 아닌 것에 화를 내면서 상처받는다. 시인이 말하는 것처럼 어리둥절한 하루가 모녀 둘 얼싸안는 그날까지 묵묵해야 하는 것이 삶이자 앉은 자리가 예쁜 나이테다.

꽃 훑어 입속에 넣어주면
순수한 연심 받아먹는 시골
.
구불구불 신기한 여름 만지고 또 만지면
귀찮아 등 돌린다

날마다 새로운 모험 찾아 자연 품으로

온몸을 던지는 그 시절 동네 아이들
아카시아는 우리가 진정 그리웠다
－「아카시아가 소환한 것들」 부분 －

　민은숙 시인은 자신을 둘러싼 침묵의 풍경에서도 자연
의 진상을 읽어낸다. '소리 없는 풍경(風景 또는 風磬)에
게 의미를 부여하고 내면을 들여다보면서 자신의 좌표를
파악하고 부동해 한다. 부동은 꼼짝하지 않는 것이 아니
라 조용히 바라보는 시적 자세다. 시인은 두 손을 모으고
아카시아 줄기에서 사랑을 읊어주는 여유를 갖는다.
　'구불구불 신기한 여름 만지고 또 만지면 귀찮아 등 돌
린다'며 삶의 진실을 포착하고, '날마다 불평 없이 환한
미소로 옷고름 풀어/품어주는 자연'에 자신을 투영해 보
는 것이다. 그런가 하면 '꽃 훑어 입속에 넣어주면/순수
한 연심 받아먹는 시골'에는 아카시아꽃이 만개한 인생
의 정점을 보여 준다.

공부한 스트레스보다 더 큰,
공부 안 한 압박 붕대에 핫케이크가 당긴
가시고기가 새에게 먹고 싶다고
살짝 운 띄웠다

오늘 저녁, 부드러운 케이크에

시럽, 슈가 파우더 잔뜩 때려 앉혀서

사랑을 먹여줘야지

달콤함으로 늑장 출동 달려줘야지

- 「애정 테스트」 부분 -

테스트Test는 시험試驗에서 지식이나 기술 또는 능력 따위를 평가하고 검사하는 일인 동시에 실험實驗에서 가설이나 이론이 실제로 들어맞는지를 확인하기 위해 다양한 조건 아래에서 여러 가지 측정을 시행하는 일이다. 믿음이 실종된 요즘 시대에는 애정도 테스트를 한다. 몰래카메라가 등장하고 함정을 만들어 사랑의 무게를 저울질한다.

'공부한 스트레스보다 더 큰,/공부 안 한 압박 붕대에 핫케이크가 당긴/가시고기가 새에게 먹고 싶다고/살짝 운 띄웠다' 은근슬쩍 물음표 없는 테스트 문항을 던진다. '오늘 저녁, 부드러운 케이크에/시럽, 슈가 파우더 잔뜩 때려 앉혀서/사랑을 먹여줘야지/달콤함으로 늑장 출동 달려줘야지'라며 혼잣말 같기도 하고 오답 같기도 한 말로 눙 친다.

침착하자 다독이며 애써도
제멋대로 떠다니는 손의 이빨

시간이 지날수록
떠났다가 돌아오는 맥 빠진 박자

움츠리는 등딱지 속에 지레 겁먹고 숨은 감성

훤한 대낮에 이성과 감성이 합방하러 들어간다
　　　　　　　- 「수술실 스케치」 부분 -

수술실手術室이라는 말만 들어도 겁부터 난다. 메스가
떠오르고 피가 보이기 때문이다. 뼈를 깎아내고 피부를
절개한다고 생각하면 온몸에 소름이 돋기도 한다. 시를
건져 올리는 대상은 꽃일 수도 있고. 사랑과 이별은 물론
낙엽뿐만 아니라 눈보라일 수도 있다. 때로는 끔찍한 것
이 시가 된다. 하지만 그 속에 삶과 죽음을 보며 한 편의
시를 생성해 내는 일을 하는 사람이 시인이다.

민은숙 시인의 수술실 스케치에는 '제멋대로 떠다니는
손의 이빨'이 보이고, '떠났다가 돌아오는 맥 빠진 박자'가
있다. 그런가 하면 '움츠리는 등딱지 속에 지레 겁먹고 숨

은 감성'이 '훤한 대낮에 이성과 감성이 합방하러 들어간
다'고 수술실을 스케치하고 있다.

　　이슈 짚어주는 마시멜로 목소리는
　　햇살 속에 잘게 흩어져 버린
　　소나기 대비하라 우산 챙기는 아리따운
　　여인 배웅으로 나서는 길
　　　　·

　　　　·

　　개망초가 산발적으로 반기는 천변길
　　만 보에 도전을 깨우는 스마트 워치
　　존재가 어둠 밝힌
　　이 손안에 있소이다
　　　　　　－「포노 사피엔스의 하루」 부분 －

　시의 가치는 시인의 주관적 요소와 대상의 객관적 요
소를 하나로 통합하는 종합적·미적 창조를 이루는데 있
다. 또한 시적 대상을 바라보는 통찰력의 깊이로 시인의
삶과 지혜의 결합이 기교적일 때 시의 품격은 더욱 고급
스럽다. 이때의 시는 현학적인Pedantic 것이 아니라 친근
미를 안겨주는 평이성과 함축성이 있어야 한다. 민은숙

시인은 긴축적인 언어 기교를 단순화시켜 서정성을 배가시키는 능력이 있다.

'개망초가 산발적으로 반기는 천변길/만 보에 도전을 깨우는 스마트 워치/존재가 어둠 밝힌/이 손안에 있소이다' 6연에 도입함으로써 시적 비틀기를 도입하여 시에 감칠맛을 살렸다. 뿐만 아니라 '이슈 짚어주는 마시멜로 목소리는/햇살 속에 잘게 흩어져 버린/소나기 대비하라 우산 챙기는 아리따운/여인 배웅으로 나서는 길'의 육화된 표현은 궁금증을 도출하면서 시적 공간을 확보하고 있다. 시어들이 결코 나긋한 표현이 아님이 명징하다. 스마트폰 없이 생각하거나 살아가는 걸 힘들어하는 사람이라는 '포노 사피엔스Phono sapiens! 한번 도전해 보는 것은 어떨지? 시인에게 묻는다.

신나게 얻어맞은 깡통
피딱지 떨어져 땜빵 되어도
벙어리 삼룡이가 되어 히죽거린다

작은 불 씨앗들이 동족을 태워
매서운 찬바람에 맞서 대항하면
밤하늘이 팔짱 끼고 관조한다

동심 지핀 불면한 달 노곤해지면

턱 고인 별이 지키는 저녁
밤이 비운 허공에서 불꽃이 경주마 들인다
-「쥐불놀이」부분 -

　쥐불놀이는 새해가 시작되고 처음으로 보름달이 뜬
정월 대보름날, 논두렁과 밭두렁에 불을 질러 마른 풀을
태우는 놀이다. 예전에는 쥐불놀이에 쑥방망이를 사용
했지만, 최근까지는 바람구멍 숭숭 뚫은 빈 깡통에 작은
나뭇가지 따위를 넣고 불을 피워서 휙휙 돌리다가 논밭
에 불을 지르는 것이다. 요즘에는 어디에서도 볼 수 없
는 하나의 추억거리이자 이야깃거리에 불과할 뿐이다.
민은숙 시인은 허투루 생각하지 않고 있다. '신나게 얻
어맞은 깡통/피딱지 떨어져 땜빵 되어도/벙어리 삼룡이
가 되어 히죽거린다'고 일갈하다가 종당에 '턱 고인 별
이 지키는 저녁/밤이 비운 허공에서 불꽃이 경주마 들인
다'고 끝 종을 친다. 프랑스 화가 장 프랑수아 밀레Jean-
François Millet(1814~1875)의 '만종晩鐘'을 보는 착각을 하
게 만든다.

늘

각 잡고 절도 있는 모습이지만

절대 속이거나 거짓말하지 않아요

한결같이

날카롭고 뾰족하지만

날 위해 동그란 목걸이를 만들어 줘요

– 「통장의 어제와 오늘」 부분 –

통장通帳은 금융 기관에서, 예금이나 대출 상태를 기록해 주는 장부다. 요즘은 전자 기술의 발달로 통장 하나로 여러 계좌를 관리할 수도 있다. 참 편한 세상이다. 하지만 세상 사람들 모두 통장을 가지고 있지 않다고 생각하면 입맛이 씁쓸하다. 가난이 유죄냐고 묻고 싶은 저녁이다.

'한결같이/날카롭고 뾰족하지만/날 위해 동그란 목걸이를 만들어 줘요' 시인의 통장에 쌓여가는 현금보다 빛나는 사랑이다. 또한 '우리 그이는요//늘/각 잡고 절도 있는 모습이지만/절대 속이거나 거짓말하지 않아요' 남편에 대한 믿음은 남~ 편이 아닌 내 편이다. 따라서 어제의 통장은 만복일 수도 있고 허기일 수도 있고 오늘의 통장은 허기일 수도 있고 만복일 수도 있다. 인생은 새옹지마

塞翁之馬다.

　　그럴 때면 떠오르는 할머니 말씀
　　"끼니 거르지 마라"

　　두 젓가락에 꼭 사로잡힌 할머니
　　사랑 스민 면발 한 움큼에
　　저만치 마중 나온 성급한 빨간 세모
　　　　　　　－「외할머니 손칼국수」부분 －

　　지극히 사소한 일상 하나가 가슴을 찌르고 파문으로
번지고 있다. 우리에게 정과 진한 생활을 알게 해 주는
대부분은 작고 사소한 것들이다. 그것들은 골목에도 있
고 우리 집에도 있는 칼국수다. 칼국수에는 칼이 들어 있
지 않다. 칼은 비수가 되기도 하고, 칼국수처럼 거짓말이
되기도 한다. 칼의 양면성이다. 시의 양면은 문학성과 독
자성이다. 삶의 고비에서 만난 외할머니의 칼국수는 생
활에서 흔히 만날 수 있는 광경이다. '두 젓가락에 꼭 사
로잡힌 할머니/사랑 스민 면발 한 움큼에/저만치 마중
나온 성급한 빨간 세모'는 외할머니에 대한 추억이자 그
리움이다. "끼니 거르지 마라" 걱정스러운 말에 목이 멘

다. 외할머니의 칼국수야말로 무한한 에너지로 효의 기폭제가 되기도 한다.

III. 에필로그

민은숙 시인의 시적 발로는 서정과 해학의 자존심이 바늘 끝 같음을 알 수 있다. 시들은 단순하면서도 소박하다. 또한 시 세계가 투명하고 밝고 맑으며 순수하고 아름답다. 구도자가 찍은 발자국 같은 시들은 고단한 삶을 노래함으로써 잔잔한 감동을 주고 영혼을 울린다. 놀랍고 경이롭기까지 하다. 뛰어난 감수성과 풍부한 감성은 시인만의 강점이다.

뿐만 아니라 민은숙 시인의 시적 언어능력은 다른 시인과 확연히 구별된다. 결국 시라는 대화로 독자들을 만나고 있다.

요즘 탄력 없는 시들이 개척이니, 도전이니, 새로움이라는 가면을 쓰고 난무하는 현실에서 민은숙 시인의 시집 '앉은 자리가 예쁜 나이테' 곳곳에서 발견되는 감동적인 시들이 많은 사랑을 받을 것을, 믿어 의심치 않는다. 다시 한번 축하한다.

앉은 자리가 예쁜
나이테

ⓒ 민은숙, 2023

초판 1쇄 발행 2023년 6월 9일

지은이	민은숙
펴낸이	이기봉
편집	좋은땅 편집팀
펴낸곳	도서출판 좋은땅
주소	서울특별시 마포구 양화로12길 26 지월드빌딩 (서교동 395-7)
전화	02)374-8616~7
팩스	02)374-8614
이메일	gworldbook@naver.com
홈페이지	www.g-world.co.kr

ISBN   979-11-388-1943-5 (03810)